84

LA VÉRITÉ

A TOUS

Par J.-J. CHOMETTE

CONSEILLER GÉNÉRAL DU PUY-DE-DOME

CLERMONT-FERRAND

TYP. DUCROS-PARIS, LIBRAIRE ET LITHOGRAPHE

Rue Saint-Genès, 5

—

1872

LA VÉRITÉ

A TOUS

Sans nous reporter aux dissensions des grands acteurs de notre première révolution, il nous sera facile de démontrer que l'imprévoyance des uns, l'impatience des autres sont les principales causes des vicissitudes de la démocratie.

La révolution du 24 février 1848 imprima une commotion tellement puissante, que les débris du passé osaient à peine se demander si leur règne était fini, s'il ne leur restait plus qu'à brûler leurs deux lares, et à s'harmoniser avec les sentiments du jour. Un fluide mystérieux, insaisissable parcourait tous les coins de la terre. Déjà Milan, Vienne, Berlin répondaient au cri de délivrance. Quel enthousiasme, et si juste! Pourquoi a-t-il été si court! La semence des idées de toute justice sera répandue à profusion, mais l'enfantement douloureux.

L'allégresse des campagnes égalait celle des villes. La suppression des abus, quelques réformes financières indispensables et la République était à jamais fondée. Le gouvernement provisoire, guidé par le mauvais esprit de Lamartine, conçut la triste pensée d'attendre l'arrivée de l'Assemblée nationale, pour se mettre à l'œuvre. En présence d'une société, façonnée par des siècles de monarchie, n'était-il pas du devoir des républicains de faire sentir au peuple comment il pourrait vivre sous la République, avant de l'appeler à la construire?

Ce gouvernement diminua cependant l'impôt du sel, réforme

toujours différée par les ministres de Louis Philippe. Il n'osa toucher à l'impôt des boissons à juste titre le plus impopulaire, comme le plus inique et le plus vexatoire. L'état déplorable de finances de la monarchie, aggravé par un changement aussi soudain, lui inspira le plus impolitique décret. Exploité par les partisans des régimes tombés, il inspira une vive répulsion dans nos campagnes. En vain Ledru Rollin, qui avait combattu les 45 centimes, fit annoncer, à son de caisses, qu'ils n'atteindraient que les gens aisés ; l'arbitraire du dégrèvement augmenta le mécontentement. A cette heure encore nous sommes obligés de réagir contre leurs tristes effets. Pour parer à la pénurie du trésor, il fallait accepter généreusement les charges du passé ; c'est-à-dire emprunter, ou faire combler le déficit par les électeurs de la monarchie. Le tuteur n'est-il pas responsable de sa mauvaise gestion?

C'est après cette funeste mesure que la constituante est élue. Trois cents républicains en font partie ; un nombre égal désire se rallier à la République, mais se laisse trop facilement effaroucher ; le dernier tiers, dont beaucoup sont rompus aux luttes de la tribune, exploite à merveille cette pusillanimité au profit de la monarchie.

Paris conservait intact le feu sacré. Les discussions animées des réunions publiques le tenaient constamment en éveil. Aux bruits des combats que les Italiens et les Viennois livraient aux hordes des Hapsbourgs, on répondait : « Marchons au secours de nos frères. » C'est sous cette impulsion, si généreuse et si clairvoyante, que l'on prépara une manifestation grandiose auprès de l'Assemblée. Des agents secrets insinuaient qu'on devait en profiter pour la dissoudre. Sans aucun prétexte, expulser des représentants librement élus, qui viennent de nommer une commission exécutive toute républicaine ? Que vont penser les honnêtes gens qui seraient heureux de voir fonder le seul gouvernement capable de briser les priviléges, et de réunir en un faisceau compact les forces vives de la nation ? Tous les chefs du parti démocratique comprenaient l'immense danger de ce projet machiavélique. Aussi Barbès chercha, la veille, toute la journée, Hubert, l'un des instigateurs, pour l'en dissuader. Hubert, agent bonapartiste, fut introuvable.

Le 15 mai une foule innombrable s'achemina vers le palais législatif. Dès que Raspail eut lu les désirs du peuple, Ledru-Rollin, qui avait le sens intime de la situation, s'écria : « Mes amis retirez-vous, vos représentants vous donneront satisfaction. » Tout annonçait que ce n'était pas une vaine promesse. On se disposait à obéir, lorsque Hubert s'élance à la tribune, prononce la dissolution et ses partisans chassent les représentants de leurs sièges. Les citoyens les plus aimés ne savent pas résister à ce fatal entraînement et courent à l'Hôtel-de-ville proclamer un nouveau gouvernement, qui déclare la guerre aux puissances du Nord. Pendant ce temps, la force publique réintègre les membres de l'Assemblée et la garde nationale cerne l'Hôtel-de-ville. Barbès, Blanqui, Raspail, c'est-à-dire l'âme de la démocratie, sont faits prisonniers. Pauvre Barbès, à peine rendu à la liberté, encore victime de son trop grand amour pour ses semblables ! Que sa lente et cruelle agonie révèle ses amers regrets ! Comme il tremble de voir les républicains faire un faux pas qui retarde leur avènement ! Cette faute, qui sera cruellement expiée, va rejaillir sur les peuples qui nous tendaient la main.

Une politique prudente et conciliatrice aurait cicatrisé la plaie. Avivée par les provocations incessantes de la droite, elle conduit à une terrible catastrophe, que fait éclater la brusque dissolution des ateliers nationaux. Insondable destin ! Les républicains les plus dévoués se ruaient les uns sur les autres. Après trois jours de carnage Cavaignac vainqueur : « Dans Paris je vois des vainqueurs et des vaincus, que mon nom soit maudit si j'y vois des victimes. » Après avoir eu la faiblesse de remplacer la commission exécutive, fallait-il manquer à des sentiments si élevés ? Pour plaire à la réaction il consent à la transportation en masse. En vain Lamennais : « La République ayant cessé d'exister de fait je donne ma démission. » Et Gazard : « Ma main se sècherait plutôt que de signer un seul de vos décrets. » Il est sourd à tous les avertissements. La punition ne pouvait tarder, malheureusement sa chute entraîna celle de la République.

Quand l'Assemblée discute la Constitution, le mode de nomination du président de la République passionne vivement les débats. Dès l'instant qu'on avait commis la faute de substituer à la commission exécutive un chef du pouvoir exécutif, on devait s'attendre à la création de la présidence. Le rapport concluait à l'élection directe. « En vue de l'harmonie le président sera choisi par l'Assemblée, » demandait M. Grévy. Cet amendement basé sur les saines notions du droit est devenu historique. On fondait la République sur les ruines de la monarchie et on l'exposait au début aux tiraillements de la rivalité des deux pouvoirs. On citait l'exemple des Etats-Unis. Chez ce peuple même, qui ne renferme pas d'anciennes races royales, cette institution est mauvaise. N'a-t-on pas vu les intrigues du président Jonhson sur le point de rallumer la guerre et de faire perdre les fruits de la victoire du Nord, si chèrement achetée ? lorsque, grâce à la fermeté du congrès, il fut mis en accusation. Les discours de nos sénateurs et les angoisses des cours de l'Europe, attestent assez que cette création est un obstacle à la marche du progrès.

Lamartine se sentant écarté par la chambre, assez infatué de lui-même pour croire son élection possible par le suffrage universel, osait avancer qu'il ne craignait pas un coup de dé pour la France. En faudrait-il un second ? Cavaignac, voulant aussi se parer du prestige attaché à un grand nombre de suffrages, vint lui prêter son puissant concours. L'amendement Grévy fut rejeté. Quel aveuglement ! Les campagnes, irritées par le paiement des 45 centimes, vendaient leurs denrées à vil prix. La classe ouvrière, agitée par les plaintes de l'Atlantique, sortait à peine d'un long chomage. Les agents de M. Dufaure n'en assuraient pas moins le succès de Cavaignac qui s'imaginait que les congratulations, les titres de sauveur, décernés par la peur ou l'intérêt, suffisaient pour posséder l'âme du peuple.

C'est ainsi qu'on amena sur la scène celui qui dans deux ridicules équipées avait cherché à exploiter la redingote grise. Après le serment de fidélité à la République, Bonaparte ajouta :

« Je verrai un ennemi dans quiconque tentera de changer la forme du gouvernement. » On ne peut disconvenir qu'il avait cultivé avec succès l'art de mentir. Il était naturel, qu'arrivé au faîte des grandeurs il devint l'auteur des deux morales..

Dès son avènement on agita les populations pour dissoudre l'Assemblée. Vos représentants vous ruinent avec leurs 25 francs par jour, répétait-on sans cesse aux habitants de nos hameaux, qui ne comprenaient pas la valeur des millions absorbés par la monarchie et ses privilégiés. Les membres de la droite ne cessaient d'apporter des pétitions arrachées à la crédulité publique. Quelle valeur avaient-elles? L'Assemblée désirant établir les lois organiques de sa constitution, repoussa plusieurs tentatives, mais finit par accepter la proposition Rateau et fixa les élections de la Législative au mois de mai 49.

Par la joie des royalistes elle comprit sa funeste politique. Pour la réparer, elle décréta l'abolition de l'impôt des boissons. Comme la plupart des gens ne connaissent les lois que par leur application, ce vote passa inaperçu. Pour exercer une influence sérieuse sur les élections, elle aurait dû rendre la suppression antérieure et équilibrer le budget par un emprunt. Elle aurait eu le temps de transformer l'assiette de l'impôt pour assurer le service des années suivantes. Trois voix empêchèrent une motion d'amnistie de se réaliser.

Les élections de la Législative furent mauvaises; mais elles annonçaient le réveil du parti républicain.

Pendant ce temps, Vienne, après une héroïque résistance, retombait sous son ancien joug; les Milanais éprouvaient le même sort; mais Rome proclamait la République.

Le pape ne veut pas rester à Rome et se réfugie à Naples. Il ne se contente pas d'être le chef de la catholicité, il entend gouverner à sa guise les états de l'Eglise, décorés du nom de patrimoine de Saint-Pierre, quoiqu'ils doivent leur origine aux largesses des premiers Carlovingiens. Les consciences le réclament, dit-on, pour le libre exercice de sa puissance spirituelle. Un peuple serait donc condamné à un perpétuel esclavage pour la foi d'autrui? L'histoire aussi proteste contre de pareilles allégations. Les sanglantes querelles du moyen âge, les concordats des temps modernes n'ont-ils pas, toujours posé des limites à cette autorité spirituelle. Pour qu'elle fut souveraine absolue, la terre entière devrait constituer le patrimoine de Saint-Pierre. Devenu citoyen libre de Rome, ne paraissant avoir d'autre ambition que de sauvegarder et propager sa foi, avec quel prestige le pape eut rempli son ministère ! Est-il plus avancé et surtout plus vénéré ?

Le clergé n'était pas inquiet pour ses psaumes, mais pour sa domination. Qui songeait à l'empêcher de réciter ses prières ? Croit-il favoriser le dogme par la violence ? L'inquisition elle-même, par ses longues et cruelles tortures, a-t-elle protégé efficacement le catholicisme ? Le clergé en subit aujourd'hui la réprobation, ses adeptes redoutent ses empiétements. Que vous soyez la vérité ou l'erreur, si vous employez la force, vous serez suspects. L'opprimé est toujours plaint ; pensée éminemment émancipatrice ! C'est ainsi que l'on prend parti pour les Israélites à Rome, et pour les catholiques en Suède.

Un des traits caractéristiques de la révolution de 48 fut la conversion subite de la bourgeoisie voltairienne. Ceux, qui ne tarissaient de sarcasmes sur les pratiques dévotes, se prosternèrent aux pieds des autels à l'édification des béates, « ils furent touchés de la grâce ». Amère raillerie ! Comme les descendants de Saint-Louis, ils unissent le trône à l'autel pour prolonger leur influence.

. C'est dans ces conditions que Bonaparte entreprit de rétablir le pape sur son trône. Malgré les termes formels de la constitution, la Législative donna son assentiment. On traita Ledru-Rollin de barbare parce qu'il fit son devoir. Les barbares, ne sont-ils pas ceux qui violent les lois de leur pays et les droits de l'humanité ?

Garibaldi, célèbre par ses exploits légendaires en Amérique, venait de repousser une première attaque de l'armée française, conçue avec un cynique mépris du droit des gens, lorsqu'il défit les troupes du roi de Naples, si célèbre sous le surnom de roi Bomba, qui coopérait à cette restauration. Par le charme de sa bonhomie, il s'attirait la sympathie des populations et allait entrer à Naples au milieu des ovations, lorsque Mazzini le rappela à Rome, menacée par une nouvelle armée française.

Sans cette guerre inqualifiable, qui nous aliénait les cœurs des peuples, un tel chef, maître de Naples et de Rome, eut porté un terrible coup aux Hapsbourg. La France est-elle bien venue à taxer l'Italie d'ingratitude?

Après les plus grands efforts, Rome est obligée de se rendre, et Garibaldi de se frayer un passage à travers les lignes françaises et autrichiennes. Dans cette campagne mémorable, il perdit celle qui réalisa la plus haute expression de l'intimité de deux cœurs. En combattant à ses côtés, elle montra combien elle s'identifiait avec ses pensées généreuses. Et cependant, pauvre France, n'a-t-il pas accouru à ton secours dans tes jours de détresse ? C'est que tu renfermes dans ton sein l'idée initiatrice ; à ce moment tu en déployais le drapeau.

Venise, sous la direction de l'illustre Manin, soutient un siége d'un an.

Les Hongrois tenaient en suspens le monde entier par leurs merveilleux exploits. De triomphe en triomphe ils marchaient sur Vienne, lorsque la Russie amena ses hordes sauvages. L'Europe assista tranquille à cet égorgement. Et maintenant peuples, isolez-vous? Comme le sentiment qui avait dicté la manifestation du 15 mai était prophétique !

Accablé par le nombre et la trahison de Georgeai, Kossuth porta ses pénates sur la terre étrangère. On vit alors les défenseurs de la morale et de la famille fouetter sur la place publique des femmes toutes nues. Bonaparte, pour faire chorus, refusa l'entrée de la France à Kossuth.

La révolution européenne de 48 avait succombé. L'humanité eut froid au cœur. Enveloppée d'un sanglant linceul, elle semblait attendre le fossoyeur.

On réagissait en France contre cette indigne politique, presque toutes les élections partielles envoyaient à l'Assemblée les républicains les plus avancés. La majorité ne cachait pas son dépit; sa colère ne connut plus de bornes à la nomination d'Eugène Sue à Paris. Elle provoque une mesure qui n'est pas une des moindres causes du cataclysme que nous traversons.

Les complices de Bonaparte saisissent avidemment ces transports de démence et présentent la loi du 31 mai, qui supprimait le tiers des électeurs. Il semblait que l'ignorance dans laquelle était plongée le corps électoral n'était pas assez grande ; cette loi écartait du scrutin ceux qui dans leurs pérégrinations pouvaient avoir acquis quelques connaissances de leurs devoirs. Non contente d'apporter aux libertés toutes les restrictions, la Législative mutilait, contre tout bon sens, le suffrage universel. Elle se préparait une triste fin.

Les journées de juin avait brisé les forces de la révolution ; on en profitait pour porter d'insolents défis. « La catastrophe de février » s'écriait, au milieu d'applaudissements frénétiques, M. Rouher, qui devait nous écraser des gloires du Mexique et de Sedan. A cet outrage la gauche fut sur le point de quitter la salle ; craignant de provoquer des troubles stériles, elle but le calice en silence. Il est assez difficile d'apprécier les conséquences qu'aurait eues cette démission en masse. Elle avançait le Coup d'Etat ou mettait aux prises les Bourbons avec Bonaparte. Dans cette dernière hypothèse nous aurions pu être les héros de la fable. Avec la loi du 31 mai, la situation n'étant plus susceptible de dénouement pacifique, la présence de la gauche n'avait plus d'objet.

Avec cette Assemblée Bonaparte conspirait à son aise. Dans des banquets militaires on le proclame Empereur. Il organise les chevaliers du gourdin et du casse-tête, éloigne de Paris les généraux qui refusent de seconder ses visées. Ses préparatifs terminés, il fait arrêter la nuit ceux qu'il redoute et s'empare de toutes les presses. Ce dernier acte surtout l'aida à réussir. Il fait publier dans les journaux que la capitale acceptait sa nouvelle situation. De là une funeste hésitation dans les départements, dont les trois quarts étaient résolus à résister à cet abominable coup de main.

Malgré les ravages causés dans les rangs de la démocratie parisienne une insurrection menaçait le nouveau César. Il ne la dompta que par l'épouvante du massacre des boulevards. Dans certains départements la résistance fut vive, mais pas assez générale pour présenter des chances de succès. Bonaparte, vainqueur sur toute la ligne, songe à s'assurer la place en déportant à Lambessa et à Cayenne les républicains qui n'avaient pu demander à l'exil un abri contre leurs persécuteurs, dont ne rougirent pas de faire partie des personnes qui, jusqu'alors, paraissaient jouir d'une certaine considération. Ce n'est pas impunément qu'une nation laisse commettre de pareils attentats.

On était à l'apogée des saturnales réactionnaires. On ne connaissait d'autre liberté que le caprice du maître. « Vous pouvez aller voter, mais prenez garde, si vous déposez un bulletin mal pensant-vous suivez le chemin de la geole », répétaient à l'envi les sicaires de l'Empire. La France enlacée dans les inextricables filets de la police, Paris encombré de casernes, on souriait de pitié à ceux qui osaient prédire la fin.

Quelques esprits, secondés par le journal le *Siècle*, voulurent prendre part néanmoins à la lutte électorale. D'autres recommandaient l'abstention au nom de la dignité et en vue de la réussite. En faisant silence autour de la meute impériale on allait lui permettre de se repaître à volonté. L'anarchie financière amènerait la dissolution du pouvoir. L'état des finances de la ville de Paris, que l'on n'osait plus apurer, a grandement contribué aux soubresauts fiévreux des derniers temps de l'Empire. La grande publicité du *Siècle* fit prévaloir le premier avis. S'il n'y a pas d'opposition républicaine, disait-on, le pouvoir facilitera une opposition monarchique qui s'emparera de l'opinion. Malgré ses ruines, le parti républicain était plus fort qu'à la chute de Louis-Philippe, et l'on sait si les chefs de l'opposition dynastique furent écartés.

Nicolas, apercevant presque tous les cabinets de l'Europe aux prises avec les difficultés de l'intérieur, croit l'instant propice pour réaliser le rêve de Pierre-le-Grand. Bonaparte, qui quête la gloire pour maintenir l'esprit de l'armée en sa faveur, ne demande pas mieux que de s'allier à l'Angleterre, opposée à tout prix à la prise de Constantinople.

Après un long siége, Sébastopol tombe aux mains des alliés. En Angleterre, pour réduire la Russie, on voulait faire servir cette victoire à la délivrance de la Pologne. Notre César aima mieux s'attirer les bonnes grâces du successeur de Nicolas, en n'exigeant pas des frais de guerre. Il laissait échapper une occasion de se grandir. Il était aveuglé par le crime.

Cavaignac, élu aux secondes élections législatives de l'empire, s'apprêtait à venger la République, ou à mourir dignement. Il avait juré à Charras de donner le signal de l'insurrection à son entrée à la chambre. Dans l'intervalle il tombe foudroyé par une attaque d'apoplexie. Certains attribuent sa mort au poison. Un général, qui traînait à son char la bourgeoisie de Paris, était à craindre ; mais le deux-décembre l'avait frappé au cœur, comme il écrivait de prison, où il se reportait tristement à son passage aux affaires. Le malheur du frère de Godefroi provient de son trop long séjour en Afrique. A son retour il en était aux idées de 1830. Depuis, l'esprit humain avait fait de grands pas; déjà s'annonçait la rénovation sociale. On la poursuit à outrance, sans s'apercevoir qu'elle n'offre de danger que par la compression. Dans une libre expansion elle épurera ses idées, obligera ses adversaires à lui rendre hommage et apportera à l'humanité une consolation ineffable.

L'année suivante, la campagne d'Italie détourna les esprits de la servile condition où nous avait relégués l'empire. « Nous allons faire l'Italie libre depuis les Alpes jusqu'à l'Adriatique » annonce Bonaparte à ses soldats. Ses coryphées expliquent la paix de Villafranca par les complications qui auraient surgi sur le Rhin. Elle n'était due qu'à la petitesse d'idées qui furent le mobile constant de ce règne. Dirigée par un esprit imbu de l'affranchissement de ses semblables, cette guerre, par l'enthousiasme qui éclatait de toutes parts, aurait posé les bases d'une nouvelle société en Europe et immortalisé son auteur. Napoléon III n'en jouit pas moins du prestige de libérateur des peuples. Il intriguera maintenant contre leurs libertés.

La guerre civile des Etats-Unis, qu'on veut expliquer par des questions de tarif, était une guerre d'émancipation. Aurait-on perdu le souvenir du dévouement de Brown? L'immortel Lincoln ne l'explique-t-il pas? « Je n'ai pas demandé l'abolition de l'exclavage plus tôt, parce que les masses n'avaient pas encore compris l'étendue du mal qui les dévorait. » Ces paroles et sa réponse aux ouvriers tisseurs anglais, qui se consolaient de leurs souffrances par la perspective de la délivrance de leurs frères, témoignent que la société avait en lui un digne représentant. La cour de France, comme celles des autres monarchies, désirait la victoire du Sud et y croyait. Les journaux officieux entassaient lignes sur lignes, pour prouver que le Nord ne pouvait vaincre, et que son plus sage parti était d'accepter la scission.

L'Espagne, l'Angleterre et la France avaient à se plaindre des préjudices causés à leur nationaux par le Mexique. Le président Juarès offrit des réparations légitimes. L'Espagne et l'Angleterre tombèrent d'accord sur les chiffres. La France, en soutenant les prétentions scandaleuses d'un banquier, se priva du concours de ses deux alliées. Les vues intimes de l'empire l'empêchaient de prendre un arrangement amiable. Il espérait trouver l'occasion de porter aide aux soldats du Sud. Lincoln se contenta de protester contre toute restauration monarchique. Mais après la victoire, le peuple américain demanda raison de ce crime de lèse-nation.

Menacé par l'indignation publique, Bonaparte annonça officiellement le départ de ses troupes. Ce fut son Waterloo moral. La condamnation de Maximilien enseigna qu'au delà des mers la violation du droit recevait son châtiment.

La Russie, au mépris de la conscience universelle et des traités de 1815, provoqua une révolte dans la malheureuse Pologne. L'émotion fut si forte que les cabinets de Londres et de Paris résolurent une intervention. Un courrier de Londres, porteur de de la déchéance d'Alexandre sur la Pologne, était en route, lorsque l'homme de nuit télégraphie à Lord Russel qu'il désirait une compensation sur le Rhin pour les sacrifices qu'il allait s'imposer. Pour toute réponse : « Je fais revenir le courrier, qu'il ne soit plus question de rien. » L'affront de Gortschakoff : « Nous vous défions d'apporter autre chose que des paroles, » mit le comble à cette ignominie.

Un Etat, d'une savante organisation militaire, rencontre une puissante intelligence qui réalise Rodin, type immortel d'Eugène Suë. Connaissant admirablement la situation de l'Europe et les acteurs en scène, M. de Bismarck caresse les vues de chacun et parvient à s'assurer le concours de l'Italie et la neutralité expectante de la France. Celui, qui s'est attiré la répulsion générale par sa politique liberticide, propose à l'Autriche de soumettre au suffrage universel la constitution de l'Allemagne. La cour de Vienne, avec ses idées du moyen-âge, ne comprend pas le piège. M. de Bismarck, qui redoutait le plus cet appel, prend instantanément l'ascendant sur l'esprit public. Sadowa est sa récompense. Vienne voulait ouvrir ses portes à ses frères du Nord. Si nous eussions été dotés d'un gouvernement qui eut compris son époque, nous aurions laissé les Allemands s'organiser à leur gré. Nos entraves les rejetaient forcément dans les bras de la Prusse. Comme M. de Bismarck souriait ironiquement à nos menées! Bonaparte, qui désirait secrètement le triomphe de l'Autriche et y comptait pour faire semblant d'intervenir en faveur de la Prusse, mais en réalité pour s'emparer des bords du Rhin, ne sut pas cacher son humiliation. Il commettait toutes les maladresses qui peuvent blesser la susceptibilité d'un peuple.

La question romaine, objet d'une convention impossible à faire respecter, permit au général de Failly d'étaler les merveilles du chassepot à Mentana. Pauvre France ! saluée au 24 février comme l'aurore de la délivrance, et devenue un objet de crainte et de réprobation pour tous.

L'opposition des 5 était remplacée par l'opposition des 17. Si les villageois, séquestrés de toute lumière, avaient fini par se contenter de ce régime démoralisateur et se borner à supputer les bénéfices de telle ou telle denrée, se laissant insinuer que cette plus value était due à l'Empire, tandis qu'elle était produite par la facilité des échanges, au moyen des voies ferrées; les ouvriers des villes sentaient amèrement la perte de leurs libertés. L'espoir seul soutenait leur âme brisée.

Les expositions universelles fournirent aux ouvriers de toutes les nations l'occasion de se concerter. A Londres en 62 fut fondée l'Association Internationale. « Si jamais notre aristocratie nous armait contre vous, nous jetterions bas les armes au cri de frères embrassons-nous, » assurèrent dans un banquet les ouvriers anglais, apercevant à l'horizon la révolution future. Tous les ans les délégués des ouvriers se réunissaient pour échanger leurs pensées, Au congrès de Bâle, comme les délégués français excusaient leur timide propagande par les tracasseries de la police: « Il est inutile de vous disculper ; nous savons que les ouvriers de Paris forment l'avant-garde révolutionnaire et qu'ils se montreront dignes de ce poste d'honneur, nous tiendrons le premier congrès dans Paris libre. » Cette réponse faisait pressentir le renversement de l'Empire à courte échéance. Les occasions propices ne manquèrent pas ; nous verrons comment on ne put en profiter.

César, pour capter les ouvriers, multipliait les travaux et promulguait des lois sur les coalitions et les réunions publiques. Elles ne servaient qu'à aiguillonner leurs aspirations au jour où ils pourraient briser les entraves qu'elles contenaient par suite des nécessités du régime,

L'arbitraire avait pris un tel développement que toutes les classes de la société en étaient atteintes. Les élections de 1869 ont un caractère d'hostilité qui effraie les régions officielles. Malgré la plus honteuse pression et la plus cynique corruption, quatre millions de voix contre cinq protestèrent. Nos exploiteurs ne s'y trompèrent pas ; la victoire réelle appartenait à l'opposition. La vérification des pouvoirs offrit un tableau de scandales si révoltant, que le gouvernement lui-même parut en rougir. Sous prétexte de donner satisfaction aux désirs de liberté du pays, il proroge l'Assemblée ; au fond pour interrompre le sondage dans le cloaque qui avait nom : élections impériales, et en effacer l'écœurante impression par la promesse d'une ère nouvelle.

D'après la constitution, la Chambre des représentants devait être convoquée dans les six mois qui suivaient sa dissolution. L'Assemblée ne s'étant pas constituée, puisque la vérification n'était pas terminée, l'appel précédent ne comptait pas. A l'approche du terme, le ministère n'ayant pas l'air de s'en préoccuper, M. de Kératry déclara publiquement que le 26 octobre il paraîtrait devant le palais législatif. Cette mise en demeure fut si accentuée que la cour annonça la rentrée pour la fin de no-

vembre. Comme elle l'avait calculé, les idées se scindèrent:
Barbès craignait que la manifestation eut le sort de celle de juin
1849 ; Delescluse répondait qu'alors le flot réactionnaire nous
submergeait, tandis qu'aujourd'hui nous sommes poussés par la
population. « Nous aurions l'air de reconnaître la constitution »
faisaient valoir les partisans de l'inaction. Mauvaise raison,
biais de la peur. Tout être qui se respectait ne reconnaissait pas
le régime impérial ; mais obligé de le subir, ne devait-on pas
profiter de la violation de sa propre œuvre pour le renverser.
Les Bourbons n'avait-ils pas été expulsés en 1830 pour avoir
déchiré la charte qu'ils nous avaient imposée ? Les masses voulaient agir. Jules Simon parcourut les ateliers pour s'y opposer.
Sa popularité l'emporta. Suivant toute vraisemblance l'insurrection eut triomphé. La honteuse expédition du Mexique et le
contact des citoyens de la capitale avaient réveillé chez un grand
nombre de soldats l'esprit d'indépendance.

Des élections multiples donnèrent lieu à de nouvelles élections Un citoyen, qui s'était rendu célèbre par un pamphlet pério-
dique, se mit sur les rangs. Quand on appelle un chat, un chat et
Napoléon III, un gredin ; qu'on déclare ne désirer entrer au
palais législatif que pour précipiter la crise, une telle nomination est un rude coup. Bonaparte voulut s'en débarraser à
tout prix. Un sien cousin, expert dans le guet-apens envoya un
cartel à Rochefort. Les témoins de ce dernier se rendaient à Au-
teuil, lorsqu'un forfait épouvantable stupéfia Paris. Pierre Bonaparte venait d'assassiner Victor Noir et d'attenter aux jours
d'Ulrich de Fontvielle, les deux témoins de Paschal Grousset,
rédacteur de la *Revanche d'Ajaccio* et correspondant de la
Marseillaise. « Nous ne sommes donc plus que les jouets de ces
bandits qui s'arrogent le droit de vie et de mort. » Ces accents
d'indignation sortaient de toutes les bouches. Deux cent mille
personnes, malgré une pluie battante, assistent à l'enterrement.
Tous voulaient ramener la victime à Paris. Rochefort, sans
doute prié par ses collègues de la gauche, s'y opposa. Ce n'est
pas sans un douloureux frémissement que la foule se résigna.

Ne dirait-on pas aujourd'hui que le peuple entrevoyait l'abîme
où nous glissions. La victoire pouvait être chèrement achetée,

mais le nombre des martyrs eut été moins grand qu'on ne pense. A certains jours les vibrations populaires renversent comme par enchantement tous les obstacles.

Grâce au transfuge Ollivier, la cour venait de composer un ministère qui s'annonçait comme restaurateur de la tradition parlementaire. Bonaparte, mystifié dans sa politique extérieure et regrettant les parcelles de pouvoir cédées, décide de recourir à un nouveau plébiscite pour s'en prévaloir au besoin.

Pour toutes les personnes intelligentes, un changement ne pouvait s'opérer qu'en faveur de la République. Aussi les royalistes, qui, en 69, avaient fait de l'opposition à l'empire, préconisent le oui. Ils n'ignoraient pas le but de cet appel. Le ministre qui avait le cœur léger, sans doute pour avoir la bourse lourde, avait déclaré à ceux qui le questionnaient sur les causes du plébiscite, que l'empereur, au cas où il voudrait faire la guerre, par exemple à la Prusse, s'il était en désaccord avec les chambres, désirait la faculté de consulter directement la nation.

Le libéral Ollivier démontra qu'il n'était pas inférieur à ses devanciers dans l'art de faire parler le suffrage universel. L'intimidation est à l'ordre du jour. On réédite le fameux complot contre la sûreté de l'Etat. Plus de sécurité pour personne. Pour la première fois on poursuit l'Internationale. La veille du scrutin, on saisit les principaux organes de la démocratie.

Le parti républicain n'était pas unanime dans son mode d'opposition. Les uns recommandaient de voter non, les autres prêchaient l'abstention. Dans nos campagnes, où les gardes champêtres distribuaient les bulletins avec cette admonestation: « Il faudra voter si tu ne veux pas te faire remarquer. » L'abstention favorisait le nombre des *oui*. Toutefois quinze cent mille *non* repoussèrent l'empire. Les grandes villes ayant donné la majorité au non, la partie éclairée affirmait la République. Le vote du soldat n'est pas moins instructif. Quoique accompli sous les yeux seuls des chefs, dans plusieurs régiments le nombre des non dépassa celui des oui.

On reprochait au ministère Ollivier ses arrestations arbitraires: « Vous verrez si je n'ai pas appréhendé des coupables. » Les membres arrêtés de l'Internationale furent traduits en police correctionnelle, sous l'inculpation d'association illicite, lorsque depuis plusieurs années elle fonctionnait au grand jonr. Elle n'était pas la seule qui se passait de l'autorisation gouvernementale. Plusieurs furent condamnés. Les débats révèlent de si beaux caractères que les juges eux-mêmes ne peuvent cacher leur admiration. Les grandes pensées qui s'en dégagent les font regarder comme les hommes de l'avenir. On se rappelle que les délégués français ont combattu certaines tendances exagérées. Il ne faut pas oublier qu'elles ont pris naissance chez les nations où le privilège est la base de la société. On veut en faire un épouvantail : Pierre vivra-t-il avec Paul, s'ils ne sont pas d'accord? Dès l'instant que la vie est séparée les intérêts sont désunis. Ces terreurs sont donc chimériques ou peu loyales. Dans les pays libres les idées les plus étranges n'affectent en aucune façon les intérêts privés. Celles qui tendent à une amélioration réelle résistent seules à la discussion ; les autres disparaissent, comme des produits éphémères.

Bonaparte avait prévu tous les cas pendables : En cas de crime, disait sa constitution, les membres de la famille impériale seront traduits devant la haute cour. Le jury était tiré au sort parmi les conseillers généraux. Si la candidature officielle était presque souveraine pour les élections à la législative, on devine sa puissance dans les élections cantonales. La plupart des candidats officiels ne devaient ce titre qu'à leur entière sujétion. Pierre Bonaparte fut acquitté. Il n'en fut pas moins flagellé par l'apostrophe de M. Laurier : |« *Tu es ille vir qui fecit*, tu es le lâche qui l'a assassiné. »

Restaient à juger les inculpés de complot contre la sûreté de l'Etat. Tous ceux qui avaient été incarcérés en 69 pour la même cause et relâchés par suite d'une amnistie, étaient du nombre. Les mauvaises langues observaient que cette amnistie s'adressait plutôt au pouvoir qu'aux accusés. On ne pouvait renouveler le même stratagème. Les relâcher eut été donner gain de cause à l'incrédulité générale. On était obligé de les juger. Jusque-là on s'était contenté du jury ordinaire pour toutes les conspirations, on leur fit l'honneur de la haute cour. Sur le banc des accusés on vit paraître des agents secrets, qui ne craignirent pas d'afficher leur indigne rôle. Quel abaissement! Qu'il s'harmonisait avec nos défaites! N'exprimaient-elles pas : Bonaparte, tu as assez commis de crimes, et toi nation qui les a endurés, quasi applaudis, tu en subiras les terribles conséquences?

L'Espagne ne pouvait vivre sans roi. Sa Constituante, qui avait écrasé, avec l'épée de Prim, le parti républicain, n'acceptait aucun de ceux qui se mettaient sur les rangs. Elle rejetait le fils d'Isabelle, à cause de l'invincible répulsion attachée au nom de sa mère; elle repoussait le duc de Montpensier comme Français, et portant ombrage aux Tuileries. La scission était trop profonde avec les Don Carlos, pour qu'on pût songer à eux. La famille des Hohenzollern était catholique et alliée de la famille royale de Prusse; un de ses membres accepta. Napoléon III, alléguant des considérations de sécurité nationale posa son véto. L'Angleterre pour écarter tout prétexte de conflit épousa sa cause. Qu'à cela ne tienne, répondit Bismark, nous avons accédé à la demande de l'Espagne par condescendance et pour servir les intérêts monarchiques; nous allons prier le prince de donner sa démission. Quand le général Prim l'annonça officiellement aux Cortès, on croyait le différent arrangé.

Mais Bonaparte : « promettez-nous de ne plus y revenir », comme un maître à son élève. Il n'y eut qu'une voix pour condamner cette prétention insolite. Bismark qui connaissait l'anarchie administrative de la France, la valeur des généraux choisis par l'empire et qui s'était préparé de longue main, souhaitait la guerre avec autant d'ardeur; mais était trop habile pour paraître la provoquer. Il avait pris au piège notre empereur, tellement pressé de courir à sa perte, qu'il souleva une question d'étiquette, pour annoncer à l'univers, que le foudre de guerre allait mettre à la raison Guillaume et son ministre.

Pour tout Français, qui ne fermait pas les yeux à la lumière, cette lutte engagée, après avoir encouru la malédiction de tous, surexcité la fibre allemande au plus haut degré, devait aboutir aux prédictions annoncées depuis le Deux-Décembre : « L'empire deuxième comme le premier s'écroulera au milieu de l'invasion ».

En France, le ministère avait affirmé qu'il était trois fois prêt, les fonctionnaires, si joyeux qu'ils préparaient des courses aux flambeaux pour célébrer d'immanquables victoires. La rapidité de nos revers déconcerta les plus prévenus. Notre armée du Rhin dispersée ou cernée dans Metz, celle du camp de Châlons prisonnière à Sedan avec l'empereur : Tout ne tenait-il pas du vertige?

Cette dernière nouvelle fit explosion ; la République fut proclamée dans les grandes villes presque en même temps. Malgré le cauchemar de l'invasion on respirait plus librement. L'Europe se demandait si nous n'allions pas renouveler l'épopée de 92 et manifestait des velléités d'intervention.

En prévision du siége de Paris, le général Trochu en avait été nommé gouverneur. Par une proclamation, qui stigmatisait la conduite de l'empire, il s'attira la confiance. Elle lui permit d'exercer une grande influence sur la composition du gouvernement. Des noms chers à la démocratie furent écartés. Le manifeste de Jules Favre aux puissances étrangères n'en est pas moins un monument de droit international. Oui, nous devions réparer le dommage causé par celui, que nous avions eu la honte de supporter à notre tête, mais laisser incorporer quelques-unes de nos provinces malgré elles, jamais. Si nous fussions arrivés à une époque, où la raison domine, le monde entier eût crié à la Prusse halte-là.

On ne comprend pas la politique des Etats-Unis. Ce peuple était justement indigné de l'expédition du Mexique. Ne devait-il pas soutenir à son arrivée au pouvoir la démocratie française, qui lui avait toujours témoigné la plus vive sollicitude? Elle avait forcé César à boire le calice jusqu'à la lie lors de l'injonction si digne du ministre Seward. Les rires sataniques des rois, à la guerre de la sécession, lui commandaient d'aider à fonder une république puissante sur notre continent. Le président Grant aurait craint de froisser les citoyens américains d'Allemagne et de nuire à sa réélection. A quelle distance il serait de Lincoln !

Nous tenons les citoyens de cette république en assez grande estime pour être persuadés qu'il aurait agi en sens inverse de ses désirs.

La fin de non recevoir de M. de Bismark mit à nu les secrets de sa politique. Fort de ses succès et de l'appui de la Russie, dont il flattait les convoitises, il a cru pouvoir braver la conscience. Attendons. Le monde moderne se trouvait dès lors aux prises avec l'ancien. L'armée de Guillaume représentait les hordes du duc de Brunswick. Les peuples, qui nous étaient si hostiles, ne s'y trompèrent pas. De tous les points de l'horizon des volontaires transmirent leurs vœux pour cette France si chère qu'ils venaient de retrouver. Des citoyens allemands manifestèrent assez ouvertement leurs sympathies pour se faire incarcérer. Pourquoi les actes de M. Jules Favre répondirent si mal à son magnifique langage? Envoyer le lendemain M. Thiers mendier le secours des rois, n'était-ce pas avouer le peu de confiance que nous avions en nous-mêmes? Que c'était peu se souvenir! Sans armes, sans soldats, la capitale investie sans résistance possible l'heure était sombre. Mais avec nos immenses ressources et notre élan nous pouvions disputer la victoire. Les exigences de l'ennemi nous ordonnaient de ne songer qu'à la bataille. Pouvions-nous subir la loi du vainqueur sans combats, n'eussions-nous pas encouru notre propre mépris? Même après la chute de Paris on hésitait à la signer.

Les nécessités immédiates empêchant de songer à réorganiser l'administration militaire, il fallait proclamer bien haut que la République désirait le concours de tous ; mais qu'elle l'exigeait absolu, sans réserves ; que tout acte de félonie ou de négligence serait châtié sans pitié. Que ceux qui ne s'en croyaient pas capables donnassent leurs démissions. A une situation terrible, on oppose une irrésistible vigueur.

Trois membres de la défense nationale vinrent s'installer à Tours pour combiner l'action de la province avec celle de Paris. Pour se prévaloir de la volonté nationale, ils fixent les élections au 16 octobre. On s'y préparait lorsque M. Gambetta descendit de ballon et rapporta le décret. Tout annonçait que les élections auraient été républicaines et donné au commandement plus de fermeté et de décision. M. Gambetta, en refusant les représentants de la France assumait sur la République une grande responsabilité. Cette hardiesse n'était pas sans grandeur. Après la victoire : « Vois France, l'empire t'a livrée à tes éternels ennemis ; la République apparaît, te tire de l'abîme et te donne une gloire incomparable, choisis ». La logique exigeait qu'il s'appuyât sur les républicains les plus estimés. Chaque département renferme de nombreuses victimes du Deux-Décembre, pourquoi ne pas les réunir et leur faire nommer des délégués? Un tel conseil, dont le dévouement eut été sans bornes, lui aurait donné les yeux d'Argus, avec lesquels ses ordres eussent été ponctuellement exécutés. Dans ces seules conditions, la République pouvait être engagée. Elle eut accepté cette charge sans trembler et elle aurait vaincu.

Garibaldi était chargé de diriger les opérations de l'est. Le général Campel ne veut pas lui céder le commandement. M. Gambetta se rend sur les lieux et relègue Garibaldi dans un petit poste, où il rend, avec une poignée de braves, de tels services que dans toute la France il n'y a qu'un cri : pourquoi ne pas lui donner un commandement important. Ce n'est pas une des moindres fautes de cette malheureuse campagne.

M. Gambetta, après nous avoir décrit admirablement les préparatifs de défense de la capitale, se met résolûment à l'œuvre. Il concentre une puissante armée entre les mains du général d'Aurelles de Paladine. On était loin de désespérer lorsque la reddition de Metz jeta l'alarme. Le mot de trahison, prononcé dans la dépêche, ajoutait à l'amertume. On vouait aux gémonies les séïdes de l'empire.

Ne tombe-t-il pas sous le sens que l'armée de Paris, de concert avec celle de la Loire, devait essayer de rompre le cercle prussien avant l'arrivée de Frédéric-Charles. Quelques jours après le général d'Aurelles de Paladines gagne la bataille de Coulmiers et reprend Orléans. Il s'arrête. Quelle en est la cause? Viendrait-elle de ce que du côté de Paris on apercevait aucun mouvement?

Le général Trochu prend pour excuse de son inaction les agitations de la place publique; elles provenaient de ses constantes hésitations. Le mouvement du 31 octobre, qui a donné lieu à ce ridicule appel plébiscitaire, que l'on croyait relégué dans les cartons de l'empire, avait même origine. Une attitude résolue eut plus fait pour la tranquillité, que toutes ses minutieuses précautions. Il était trop préoccupé de traiter et pas assez de combattre.

Le général Trochu sort enfin de son inaction. M. Gambetta avait porté l'armée de la Loire à deux cent mille hommes. Elle s'ébranle et remporte un premier succès. Tout-à-coup le général en chef s'arrête et dépêche que de grandes masses allaient l'envelopper et qu'il conseille la retraite sur le camp retranché d'Orléans. M. Gambetta, au lieu de se rendre sur le champ de bataille pour ranimer les courages dans une conjoncture aussi grave, se contente de répondre qu'il s'en rapporte à la décision du général, qui, le lendemain, fait dire qu'il se voit obligé d'évacuer Orléans. M. Gambetta, qui sent tout l'effet de cette perte part de suite. Il était trop tard, l'ennemi avait barré la voie. Lorsque le général Chanzy, avec la moitié de l'armée, a tenu tête entre Meung et Beaugency aux forces prussiennes, comment ne pas regretter qu'on n'ait pas essayé de défendre Orléans?

L'armée de Paris, sortie sous les auspices de la proclamation du général Ducrot, « Je rentrerai mort ou victorieux », combattit vaillamment mais revint, sans avoir percé les lignes ennemies.

M. Gambetta semble perdre une partie de son assurance. Il abandonne le plan si naturel de concentrer une puissante armée pour délivrer Paris, où les vivres commençaient à se faire rares. Il divise l'armée de la Loire en deux corps. L'un d'eux, sous le commandement de Bourbaki, doit délivrer Belfort et couper les communications de l'ennemi. La rigueur de la saison fait échouer cette audacieuse tentative.

Le général Chanzy fait un mouvement sur Paris ; il est rejeté au-delà du Mans. Le général Trochu fut empêché de coopérer à cette action, parce que la veille les Allemands fortifiaient les points qu'il se proposait d'attaquer. Le journal le *Siècle* demande qui pouvait avoir si bien renseigné l'ennemi.

Les hobereaux prussiens voulaient peut-être mettre en relief la morale monarchique, lorsqu'ils commandaient deux heures de pillage. Qu'ils étaient modestes ! C'est à peine s'ils pouvaient emplir les longues files de wagons, qui apportaient à l'Allemagne, émerveillée, les produits de cette belle industrie. L'un d'eux écrivait à sa mère que, si cette vie de pillage continuait, il ne saurait bientôt plus distinguer *le mien du tien*.

Cependant le général Chanzy avait réformé ses lignes de bataille. Le général Faidherbe, vainqueur à Bapaume mais battu à Saint-Quentin, avait rétabli son armée. Le général Clinchant, qui avait succédé au général Bourbaki, opérait sa retraite en bon ordre. On avait envoyé d'importants secours à Garibaldi qui venait de remporter un brillant succès devant Dijon. On n'attendait plus qu'un répit dans le temps pour la revanche, lorsqu'on entendit le sinistre murmure de la capitulation de Paris. On avait tellement répété que Paris avait assez de vivres pour se maintenir jusqu'au printemps, qu'on l'accueillit avec des marques d'incrédulité. Il n'était que trop vrai.

La dépêche de M. Jules Favre mentionnait un armistice général, tandis que les termes de la capitulation exprimaient une exception pour la région de l'est. Le général Clinchant, trompé, s'arrête ; l'ennemi lui barre le passage. Pour ne pas tomber entre ses mains, l'armée française se réfugie en Suisse. Ce dernier malheur affaisse tous les courages.

M. Gambetta qui revenait, satisfait de son inspection des troupes du Nord, hésitait à accepter le traité de Paris, lorsque la perte de l'armée de l'Est paralysa son énergie.

Bien que la victoire n'ait pas couronné les efforts de M. Gambetta, la postérité, qui recherchera s'il a été bien secondé par le commandement de Paris, le remerciera d'avoir sauvé l'honneur de la France à laquelle son nom sera toujours cher.

La brièveté de l'armistice contraignit à effectuer les élections en huit jours. Sous l'étreinte des évènements, tout le monde désirait la paix. Les royalistes l'acceptaient à tout prix, les républicains consentaient seulement à une indemnité pécuniaire. L'abattement donna la majorité aux royalistes, qui se rendirent au scrutin comme un seul homme. S'ils sont unis pour combattre, ils ne s'entendent plus pour réédifier. Ils adoptent la forme républicaine en maugréant. M. Grévy est nommé président de l'Assemblée et M. Thiers chef du pouvoir exécutif. Metz, l'Alsace et cinq milliards sont les conditions de la paix; elle déshonore encore plus les vainqueurs que les vaincus. S'emparer de populations dont toutes les aspirations sont françaises, dont les manifestations sont si hostiles et si poignantes contre ce déchirement de la patrie, quel crime !

Les élections de Paris attestaient le mécontentement de la grande cité contre les opérations du siège et son esprit républicain. Il n'en fallait pas davantage pour aigrir l'Assemblée. Elle ne veut plus de Paris pour capitale et refuse d'y siéger. M. Thiers la décide, après avoir réservé le choix de la capitale, à se rendre à Versailles.

Pendant ce temps le général Vinoy, gouverneur de Paris, avait proclamé l'état de siège, fait cesser la publication de six journaux et défendu la création de tout journal sans sa permission.

La presse, dites vous, commet de dangereux écarts; le jury ne saurait-il réprimer tout ce qui révolte le bon sens? Insensés, ce n'est pas la presse que vous frappez, tôt ou tard elle a une éclatante revanche, mais le pays qui vous a vus naître. Le gouffre entr'ouvert sous nos pas par vingt ans d'empire est donc impuissant à vous dessiller les yeux.

Nos dissensions résultent de ce que les vraies notions du droit nous sont étrangères. Un parti n'arrive au pouvoir que pour écraser ses adversaires. La majorité a bien le droit de confectionner les lois et de veiller à leur exécution à la condition que ces lois n'empêchent pas la minorité de les critiquer et de chercher à faire prévaloir ses idées par la discussion. Sans ce principe une nation n'atteint pas des temps prospères avec des conditions de durée. La violence n'assure qu'un repos éphémère. En vain M. de Bismarck essaie de faire prévaloir cette maxime impie, la force prime le droit, le droit restera l'arche sainte de l'humanité. S'il s'obscurcit en Europe, il se vivifie au-delà de l'Atlantique. Quel consolant spectacle que ces deux masses de Français et d'Allemands, allant se heurter, fraternellement, au cri de vive la France ! Vive la République !

Paris était vivement irrité des procédés impériaux du général Vinoy. M. Thiers, craignant une explosion, invita les représentants maires de Paris à se rendre auprès de leurs administrés pour les calmer et avoir le temps de faire arriver de la troupe.

Lorsque les Prussiens vinrent occuper une partie de Paris, la garde nationale enleva les canons qu'elle renfermait et les réunit sur la butte Montmartre. Après l'évacuation, l'autorité voulait amener ces canons au parc Wagram. La garde nationale demandait qu'ils fussent distribués entre ses divers bataillons pour servir à leurs exercices. Le gouvernement se décide à les enlever la nuit; il avait compté sans la vigilance de la garde nationale. Les troupes sont entourées et lèvent la crosse en l'air. Une partie reste à Paris, l'autre accompagne l'administration en fuite. M. Thiers a soin, en s'en allant, de transporter le personnel et le matériel du télégraphe à Versailles. Il peut ainsi dépêcher qu'il est le seul pouvoir légal et conserver entre ses mains les services publics.

On s'est souvent récrié contre la prépondérance de Paris, sans s'apercevoir que ce phénomène est la conséquence de l'excessive centralisation qui nous enlace. Il est hors de doute que, si le comité central avait eu à sa disposition le télégraphe, une révolution était accomplie le 18 mars.

La conduite de M. Thiers à l'égard de la capitale avait paru si peu mesurée, qu'en apprenant son échec on entendait de tous côtés, « c'est un coup d'état manqué. »

L'insurrection n'en était pas moins formidable. Lyon, Marseille s'étaient déclarées en faveur de Paris : les autres villes menaçaient de les imiter. Ce mouvement est arrêté par l'opposition des maires à l'autorité du Comité central. Celui-ci invite les citoyens à se réunir dans leurs comices pour nommer une municipalité à laquelle il remettra ses pouvoirs. Deux fois les maires l'en empêchent. Le comité, pour en finir, est résolu à briser tous les obstacles. Un instant on craint la guerre civile; après de loyales explications une entente a lieu, un immense hourah de soulagement s'échappe de toutes les poitrines. Comptant sur les promesses, dont on les avait bercés, les maires se rendent à Versailles convaincus d'en rapporter la solution des difficultés.

Paris tout entier, disent-ils à l'Assemblée, veut un conseil municipal élu; assignez aux élections le jour qui vous conviendra; mais désignez-le parce que si nous ne rapportons que des paroles vagues, elles passeront pour un refus. Tout n'était-il pas sauvegardé et les droits de Paris, dont l'Empire s'était joué, et la suprématie de l'Assemblée, puisqu'elle donnait les ordres. Avec quelle joie la France eut accueilli cette solution. La présence de l'ennemi ne devait-elle pas nous faire tomber les armes des mains les uns des autres. On répondit que ces élections ne pressaient pas. Elles ne pressaient pas au milieu du désarroi de la capitale. O raison toujours absente! Les maires s'en retournent, la mort dans l'âme, et les élections s'effectuent dans les 24 heures.

Jusque-là le sang n'avait pas coulé, pour ainsi dire. Deux exécutions sommaires avaient seules attristé cette phase. Les généraux Clément Thomas et Lecomte avaient été fusillés après un simulacre d'information. On oubliait que tout individu, frappé par un jugement sans garantie, est une victime. Quels sont les partis qui n'ont point de pareille tache? Quand donc la justice sauvegardera l'honneur de l'humanité?

Le mauvais vouloir de l'Assemblée avait surexcité les esprits; une attaque fut décidée. La colère étant une mauvaise conseillère, l'expédition fut conçue sans organisation sérieuse. Disloquée par les obus du Mont-Valérien, à la neutralité duquel on avait cru si légèrement, elle laissa aux mains des troupes de l'Assemblée 3000 prisonniers. Duval et quelques autres furent fusillés aussi sommairement. Cette défaite engendra des tiraillements qui ont tant contribué à la chute de l'insurrection.

Voilà la lutte sérieusement engagée. L'armée de l'Assemblée, appuyée sur la position si forte du Mont-Valérien, l'armée de Paris, protégée par les autres forts de la rive gauche et les remparts, se disputaient pied à pied le terrain.

L'accord à cette heure était bien difficile ; toutefois de fréquentes délégations de la province essayèrent de s'interposer. La plupart trouvèrent les exigences de l'Assemblée excessives. Elles accentuèrent tellement la crainte de voir la cause réelle de la guerre civile dans des visées de restauration monarchique, que M. Thiers crut devoir protester : « Ceux qui prétendent que je conspire contre la République en ont menti. »

La Commune, en supprimant plusieurs journaux, avait aussi soulevé de l'opposition. Quand on prétend défendre le droit peut-on soi-même le violer ? On allègue toujours les difficultés du moment pour expliquer les actes arbitraires. Il est si beau de tenir le drapeau du droit, que, même en tombant, on resplendit dans l'avenir.

Jusqu'au milieu du mois de mai l'issue était incertaine. Elle ne fut plus douteuse après la démission du général Rossel, qui rencontrait dans son commandement les mêmes obstacles que le général Cluseret. Quelques jours après les assiégeants franchissent les remparts sans coup férir, pendant que différents comités se disputaient la direction de la défense. Ce n'est pas sans un serrement de cœur que l'on se reporte à la fin de ce drame, au milieu des lueurs de l'incendie et du crépitement des mitrailleuses.

Infortunée cité, dont les enfants, par la profondeur de leurs conceptions, l'élégance et le charme de leurs produits, répandent la gloire du nom français sur toutes les plages, qui, pendant deux mois, pour le salut de tous, a souffert les horreurs de la faim, avoir un pareil sort !

Plus de vingt mille prisonniers sont encore relégués sur les pontons. Les conseils de guerre sont en permanence depuis 4 mois. A quand le jour de la clémence ?

Aux Etats-Unis, pendant 4 ans, la guerre civile avait entassé hécatombes sur hécatombes, créé une dette de vingt milliards ;

la victoire était bien restée au droit, trois ou quatre millions d'êtres humains, réduits à l'état de bestialité, se trouvaient élevés à la dignité de citoyens. Et pourtant point de vengeances, le chef et l'âme de la rebellion, Davy, relaché au bout de quelques mois. Ils n'avaient pas délivré des esclaves noirs, pour faire des esclaves blancs. Peut-on vivre au milieu de haines perpétuelles ? Ils comprenaient la nécessité de s'unir contre la jalousie des rois.

On ferait injure au pays si l'on doutait de ses sentiments. Les élections municipales, les élections complémentaires du 2 juillet, celles des conseils généraux, les acquittements répétés du jury sont des témoignages irrécusables de sa soif d'apaisement, de concorde pour panser ses blessures et laver son sanglant affront. La générosité est si française que l'on ne peut s'expliquer les idées qui ont agité la Commission des grâces. Les lugubres échos de ses quatre nouvelles victimes ont répandu la prostration universelle. Rossel, officier de tant d'espérances, poursuivi comme traître par la Commune, frappé par les balles de l'Assemblée, quel sujet de méditations ! Et Crémieux qui s'était sacrifié pour protéger ses adversaires, fusillé sans pitié ! On a dit à tort *vixerunt* c'est *vivent semper*, ils vivront éternellement.

Après sa victoire, l'Assemblée se croit-elle plus forte que si elle eut accédé aux vœux des maires de Paris ? Elle s'inquiète déjà des menées bonapartistes, qui seraient secondées par un grand nombre d'officiers de l'armée. Nous sommes persuadés que nos officiers sont trop éclairés par nos malheurs, pour se prêter à toute tentative contraire aux libertés et à l'honneur du pays. Le héros du Deux-Décembre est certes capable d'exploiter toutes nos douleurs. Ses agents promettent l'amnistie, de rendre à Paris son titre de capitale, et annoncent le retour de sa Majesté avec l'appui du soldat. De là, de vagues pressentiments.

Le désarmement des gardes nationales aide à ce malaise. Elles laissent sans doute bien à désirer ; mais cela tient à ce que notre instruction militaire ressemble à notre instruction intellectuelle; elle est clair-semée. Tant que nous ne sommes pas organisés fortement, quelle nécessité nous engage à nous priver du peu que nous avons? Nous nous refusons à croire cette mesure dictée par d'arrière-pensées monarchiques.

Dans quel but replacer sur le trône la branche aînée? N'avons-nous pas assez de lois contre la liberté de la conscience? Songer à aboutir à des nouvelles ordonnances de juillet!

On n'ignore pas que la monarchie de Louis-Philippe a distillé la lèpre de la corruption. On se rappelle le procès de ces électeurs censitaires bretons qui répondaient sans sourciller : « Si nous avons vendu nos voix, nous sommes moins coupables que ceux qui les donnent pour obtenir des places, puisque tous les jours ils palpent le prix de leurs consciences. »

Et M. Guizot pour rassurer ses électeurs étourdis par les clameurs de la presse : « Vous sentez-vous corrompus? » Le procès Teste et Cubières déroule le courant de la sphère gouvernementale.

Quant à la dynastie impériale, antre de tous les vices, ce serait descendre le dernier échelon social.

Une monarchie quelconque qui s'implanterait nous amènerait fatalement au *finis Galliæ*. Les idées d'égalité sont désormais trop enracinées pour que les priviléges aient chance de durée. La monarchie est par essence un privilége hanté sur des abus. Une sourde agitation travaillerait la Société. Nous serions toujours divisés en deux camps : les bien et les mal pensants. L'ordre ne pourrait se maintenir que par les baïonnettes. Quelle force aurions-nous devant l'envahisseur? Nous devons assez comprendre la haine des Guillaume et des Alexandre. Ils ne nous pardonnent pas d'avoir semé les idées émancipatrices. A la première occasion ils nous disséqueraient à fantaisie, après avoir ravagé nos campagnes, incendié nos villes et s'être assouvis de sang et de rapines.

Si la France dispose librement de ses destinées, nous pouvons être sans soucis : elle veut réellement la République.

Si nous avions l'honneur de contribuer à doter notre Patrie d'une constitution, nous serions guidé par ces deux grands principes : liberté et instruction.

La liberté limitée au droit d'autrui n'est-elle pas le véritable ordre ?

L'instruction peut seule nous faire jouir d'une bonne administration. Nous nous attacherions à développer l'intelligence du soldat, comme le moyen le plus sûr d'arriver vite à la diffusion des lumières.

Toutes les fonctions publiques seraient décernées au concours ou à l'élection.

Nous nous efforcerions à rendre l'impôt proportionnel à la fortune.

Autant que possible nous éviterions de prendre part aux querelles des rois ; laissons Guillaume et Alexandre se disputer à loisir la suprématie européenne.

Nous ne tarderions pas à attirer les regards et les espérances de tous les peuples. A ce moment nous n'aurions plus qu'un mot à dire pour notre résurrection matérielle. Ce peuple, que l'on croit perdu parce qu'il est dans les convulsions de ses hautes pensées, s'élèverait plus radieux que jamais et tiendrait le flambeau qui illuminera le monde.

23